KB071014

청어詩人選 437

날刃

김종목(金 鍾) 시조집

청어

날刃

김종목 지음

발행처   도서출판 청어
발행인   이영철
영업   이동호
홍보   천성래
기획   남기환
편집   이설빈
디자인   이수빈 | 김영은
제작이사 공병한
인쇄   두리터

등록   1999년 5월 3일
          (제321-3210000251001999000063호)

1판 1쇄 발행 2024년 4월 15일

주소   서울특별시 서초구 남부순환로 364길 8-15 동일빌딩 2층
대표전화   02-586-0477
팩시밀리   0303-0942-0478
홈페이지   www.chungeobook.com
E-mail   ppi20@hanmail.net

ISBN   979-11-6855-240-1(03810)

본 시집의 구성 및 맞춤법, 띄어쓰기는 작가의 의도에 따랐습니다.
이 책의 저작권은 저자와 도서출판 청어에 있습니다.
무단 전재 및 복제를 금합니다.

부산광역시 부산문화재단
본 사업은 2024년 부산광역시, 부산문화재단 〈부산문화예술지원사업〉으로 지원을 받았습니다.

책 머리에

근래에 와서 시조에 푹 빠진 것 같아
나도 놀랄 때가 있다. 등단 이후
근 30여 년을 발표하지 않았던 시조를
다시 잡아당겨 쓰고 읽고 참 많이도 변한 것 같다.
등단 50여 년이 넘었지만, 아직도
뛰어난 작품을 쓰지 못한 무능을 알면서도
손을 떼지 못하는 것, 이것도 병이라면 병일 것이다.
그러나 어쩔 것인가. 쓰지 않으면
더 큰 병이 생길 것 같아 계속 쓰는 것이다.
먼 훗날 내 작품을 읽고 고개를 끄덕여 줄 사람이 있다면
천만다행으로 생각할 것이다.

2024년 3월 20일
주례 현대무지개타운 105동 605호에서
김 종 목

차례

3   책 머리에

1부   말귀

10   날刃

11   말귀

12   그물이 촘촘해도

13   조바심만 숨 가쁘다

14   그 언젠가는

15   시운詩韻

16   극한의 삶

17   오래된 추억

18   구름을 보면서

19   풀벌레 소리 21

20   홍매 56

21   흥겨운 새소리

22   백매白梅

23   동백꽃 3

2부   도랑물 소리

26   눈의 지문

27   구절초 연가

28   샐비어꽃 19

29   끔찍한 시절

30   가을 소묘

31   도랑물 소리

32   여름 단상

33   별들

34   바쁘다는 핑계로

35   마음으로 보는 눈

36   향기를 꺾어 오다

37   구절초

38   가을이라는 문장

39   사례

3부 속수무책 4

42 속수무책 4

43 시인이란 면류관

44 근황近況 3

45 섬 1

46 마음의 기상도

47 근황近況 4

48 증거

49 죽어서 무엇이 될까

50 어버이

51 죽음 22

52 어머니라는 이름

53 모란

54 벚꽃 활짝 피었는데

55 백 년도 못 살면서

4부　쓸쓸한 동네

58　가랑잎 하나

59　기다림 35

60　내 마음 당신에게

61　시향詩香에 취해

62　쓸쓸한 동네

63　울컥울컥 2

64　빈집 21

65　봄날에

66　빈다는 것

67　흐르는 구름 3

68　가을빛

69　처녀 귀신

70　중복中伏

71　시원한 천국

5부 병상 일기

74 샐비어꽃 21

75 용궁龍宮 설화

76 잊었다 하는 말

77 달빛 옷

78 좌망坐忘

79 괴로운 세상

80 마음의 거리

81 사람의 마음 3

82 병상 일기

83 아직도 당신은

84 위와 아래

85 봄날의 욕심

86 봄비 25

87 초미금焦尾琴

시조에 대한 몇 가지 단상斷想

89 1. 처음 글쓰기

90 2. 괴벽怪癖

91 3. 시조를 보는 관점

92 4. 시를 쓰는 시간

93 5. 난해한 시조

94 6. 내가 아끼는 시조 한 편

96 7. 시조의 바람직한 길

1부

말귀

날刃

칼을 갈아 손끝으로 가만히 대어본다.
조금만 힘을 주면 핏방울이 뜰 텐데

황홀한 나의 꽃 앞에서 잠시 망설인다.

조금만 힘을 주면 금방 꽃이 필 것이다
그런 결단도 없이 헛된 꿈만 꾸다 말고

칼집에 꽂아놓고 나니 무안함만 날이 선다.

말귀

"그래, 그래, 그래"라고 몇 번을 말해도
의아한 표정으로 나를 빤히 쳐다본다.
정신을 딴 데 팔 때는 들어도 못 듣는다.

다시 "그래"라고 말해 놓고 웃는다
그제야 허겁지겁 내 말귀를 알아듣고
멋쩍게 머릴 긁으며 씩- 하고 웃는다.

그물이 촘촘해도

그물이 촘촘해도 네 마음은 못 잡겠네.

넓디넓은 세상으로 던져 놓은 그물에는

언제나 빈 세월만 가득 올라올 뿐이라네.

가슴 설레는 네 그림자라도 걸리어

네 맘 대신하려 해도 그것마저 잘 안되니

그물에 걸린 허망만 속 터지게 바라보네.

조바심만 숨 가쁘다

본다고 보았지만 못 본 것이 더 많다.
들린다고 들었지만 못 들은 것이 더 많다.
못 보고 못 들은 것도 내 무능 때문이다.

어둠 속에서도 환한 빛을 볼 수 있고
소란함 속에서도 고요함을 느낄 수 있는
그런 눈 그런 귀를 놓치고 헛되이 산 것 같다.

보이지 않는 것도 꿰뚫어 볼 수 있고
없는 소리 속에서도 들을 수 있는 힘이
언제쯤 생겨날는지 조바심만 숨 가쁘다.

그 언젠가는

헤어지기 아쉬워서 언제 또 만나자며
두 손 잡고 흔들면서 빙그레 웃는 그대

언제가
그 언제인가,
알 수 없는 말이다.

그래도 그 말 듣고 또 빙그레 웃음 띠며
가볍게 헤어져도 쓸쓸하기 그지없다

어쩌면
언젠가는 영영
못 올지도 모른다.

시운詩韻

피 같은 것
불 같은 것
그런 게 한번 스쳤는데

그것을 잡으려고 안간힘을 쓰다가

앗 뜨거!
두 손 놓고 말았네.
용암과도 같은 그것.

극한의 삶

오늘도 기어야만 밥 한술이 나온다
껌이며 사탕이며 소리치며 파는 날은
배에 댄 타이어 조각이 끅끅 먼저 울었다.

시장통에 엎디어 조각조각 생을 떼어
종일 팔고 나면 겨우 남는 밥 한 그릇
그것이 다시 길거리에서 누빔질로 깔린다.

사는 것이 무엇인지 눈 뜨고도 모르겠다
눈부신 세상은 차단막을 가리어서
기어서 가는 극한의 길을 틀어막고 말았다.

오래된 추억

오래된 추억도 탁본해 볼 수 있다

벚꽃 피고 배꽃 피면 그대 얼굴에 배는 미소

저절로 피어오르는 그리움에 푹 젖는다.

사람은 가버려도 추억은 다시 온다.

봄꽃이 필 때마다 그리운 정 흩뿌리며

눈시울 적시게 하는 뭉클함이 또 도진다.

구름을 보면서

하늘에 뜬 구름은 한없이 자유롭다.
느릿느릿 천천히 흘러가는 저 속도를
한평생 배우려 하지만 그게 되지 않는다.

성급하게 대처하는 내 날카로운 생의 기술
좀 천천히 느리게 할 수도 있었을 텐데
조급한 내 결단으로 되는 것이 없었다.

구름처럼 천천히 느릿느릿 흘렀다면
속상할 일도 없고 실패도 없었을걸
오늘도 구름을 보면서 생을 다시 배운다.

풀벌레 소리 21

고요한 밤중에 동백 지는 소리 곱다

창호지에 밴 달빛 따라 흔들리다가

이윽고 멎어버렸는지 교요 일색이다.

멎었던 달빛이
사르르 미끄러지며
잠들었던 풀벌레의 더듬이를 건드리자
순식간
고요를 밀어내고
반짝이는 풀벌레 소리.

홍매 56

1
말하기 전의 말이 너에게 가버린다.

그래도 알아듣고 빙그레 웃음 띠는

홍매화 너의 그 연정은 늘 변함이 없구나.

2
너의 말도, 말하기 전에 나에게 와버린다.

그래도 다 알아듣고 빙그레 웃음 띠는

내 마음 이심전심임을 너도 다 아는구나.

흥겨운 새소리

봄눈 녹아
냇물이
고름 풀리듯 흘러간다.

내 귀도
신명이 나
냇물 따라가 버리고

귀 없이
흥겨운 새소리를
눈으로
환히 듣는다.

백매白梅

너에게 하는 말이 부끄러운 첫말이다

생경하고 낯설지만 그래도 알아듣고

빙그레 웃음 띠고는 활짝 정을 주는구나.

너는 말이 필요 없다 그냥 그 표정으로

나에게 다가오는 순백의 고운 언어

서로가 통하는 묵음이 짜릿하고 뭉클하다.

동백꽃 3

꽃도
오래되면
추해지기 마련이다

그게 싫어서
일찌감치
뚝
뚝
지는

동백꽃
그 절명의 슬픔이
눈부시게
아름답다.

2부

도랑물 소리

눈의 지문

달에 찍어놓은 내 눈의 지문은

어머니를 그리워하며 흘린 눈물이다

한 생이
다 갔는데도
뚜렷하게 남아 있다.

구절초 연가

구절초가 하얗게 언덕을 뒤덮었다.
향긋한 향기는 하늘까지 닿았는데
너의 그
애틋한 모습이
눈에 자꾸 밟힌다.

너와 함께 거닐던 아름다운 나날들이
먼먼 추억으로 밀려나 버렸지만
그리움
구절초처럼
해마다 곱게 핀다.

샐비어꽃 19

해마다 샐비어꽃은
화끈하게 피고 진다.

속엣것 확 털어내어 화르르 불 지른다.

타고 난
뒤끝이 깨끗하여
화근 내도 안 난다.

끔찍한 시절

밤마다 이와 벼룩 빈대와의 싸움이다
상처투성이의 몸이 되어 눈을 뜨곤 했지만
그래도 죽지 않고 살았다는 게 신기할 따름이다.

맹독의 DDT를 옷 속으로 침투시켜
방제하곤 했지만 그게 발암물질인데
머리에 뒤집어쓰고도 낄낄 웃곤 했었다.

아찔한 무지無知가 용감하게 만들었다
지금은 DDT 따윈 다 사라져버렸지만
생각만 해도 끔찍한 지난 시절이 있었다.

가을 소묘

빈 수레 끌고 가는 소리가 한층 높은
늦가을 텅 빈 하늘 가벼워 높아지고
쓸쓸한
서정의 낮달
가랑잎 소릴 낸다.

멀리 나간 사람들이 귀가하는 무렵이면
기울어진 가을은 더욱더 기울어져
빈 수레
끌고 가는 소리보다
더 쓸쓸히 쏟아진다.

도랑물 소리

잠을 자다 눈을 뜨니 도랑물 소리 맑아라.

달빛은 환하게 창호지를 적시는데

가슴에 남아 있던 잡념이 말끔히 사라진다.

잠을 자다 깨는 것도 은총임이 분명하다

맑디맑은 도랑물 소리 귀를 환히 틔워주고

아직도 헤매고 있는 생의 물꼬도 틔워준다.

여름 단상

구름도 심심한지
웅덩이에 들고 나고

잠자리도 꽃대에서 완전 무아지경이고

산 넘고
물 건너가던
내 마음도 멎어 있다.

물속에서 헤엄치던
물고기도 가만 졸고

해가 녹는 여름날은 세상만사 귀찮아져

마당에
개도 널브러져
꼼짝하지 않는다.

별들

가질 수는 없어도
한없이 넉넉하다.

소유所有란 인간의 욕심이 빚은 건데

없어도
넉넉한 저 별들은
만인 공유의
보석이다.

바쁘다는 핑계로

바쁘다는 핑계로, 해가 빨리 지더냐.
바쁘다는 핑계로, 꽃이 빨리 지더냐.
바쁜 건 사람의 일일 뿐 자연은 느긋하다.

구름도 천천히 세월도 천천히
싹이 트고 자라고 꽃 피고 열매 맺고
어느 것 하나 바쁘게 매듭짓지 않는다.

그런 걸 보면서도 사람들만 바쁘다.
서둔다고 안 되는 게 되는 것도 아니기에
느긋이 참고 견디며 순리대로 살 일이다.

마음으로 보는 눈

보이는 걸 보는 것은 누구나 다 하지만
안 보이는 걸 보는 눈은 극소수에 불과하다.
허공에 시를 찾는 눈도 시인들만 보게 된다.

무엇을 골똘히 생각하는 사람들은
고향 산천이나 옛 애인을 보게 된다.
눈 말고 마음으로 보는 눈이 고귀하다 하겠다.

향기를 꺾어 오다

예쁜 꽃을 꺾어 오면 향기는 덤이다

향기를 주로 꺾는 사람들은 드물지만

가끔은
그런 사람도
더러 있을 것이다.

나는 이따금 꽃은 꺾지 아니하고

향기만 몰래 꺾어 올 때가 더러 있다.

그래야
꽃을 다치지 않고
감상할 수 있으니까.

구절초

경상도 구절초는 사투리 냄새 난다.

사투리로 피고 사투리로 향을 낸다.

경상도 사투리 냄새가 가을이면 진동한다.

가을이라는 문장

가을은 온몸으로 가을이라 말하더라
산도 들도 색색으로 물이 드는 언어는
누구나 다 아는 문장이라 굳이 읽을 필요 없다.

그냥 느낌으로 가을을 읽는 소리
살그머니 물들이는 그 말의 농도 따라
그윽이 풍기는 맛은 형용할 수가 없다.

사방팔방 널브러진 가을 자취를 따라가면
어느새 물들어서 깜빡 나를 잃고 말아
황량한 들판에 홀로 서서 술래처럼 헤맨다.

사례

물 한 모금 마시는데 덜컥 사레들린다.

세상 좀 살았다고 브레이크를 거는 건지

근래엔 물 한 모금도 제대로 못 넘긴다.

가장 쉬운 물속에도 뼈가 있는 것인지

넘기면 숨었던 사레가 튀어나와

낭패를 자주 보게 되니 오래 살긴 글렀다.

3부

속수무책 4

속수무책 4

종일 용을 써서 얻은 것이 밥 한 그릇
산다는 게 결단코 쉬운 일이 아니어서
오늘도 죽을힘으로 밥 한 그릇 먹었다.

풋고추에 된장 찍어 우적우적 씹는 맛이
인생의 맛이라서 눈시울이 붉어지고
체한 듯 가슴 답답해지니 속수무책 아닌가.

독주 한 잔으로 하루를 달래지만
시리고 맵고 떫은 그 앙금은 더욱 깊어
뒤엉킨 생의 매듭에 되레 꽁꽁 묶인다.

시인이란 면류관

요즘은 개나 소나 다 시를 쓴다더라.
영광스런 시인이란 면류관에 때가 묻어

이제는
눈꼴 사나운
폐기물이 되었다더라.

정작 시인들은 부끄럽고 창피하여
시인이란 면류관을 패대기쳐 버리고

섬돌 밑
풀벌레가 되어
사철 내내 운다더라.

근황近況 3

근황을 물으니 죽지 못해 산다 한다.
그래도 빙그레 웃음 띠는 것을 보니
아직은 죽을 때가 아님을 직감으로 알게 된다.

죽을힘이 있다면 살고도 남을 텐데
죽지 못해 산다니 얼마나 다행인가.
살려고 발버둥 쳐도 죽는 사람도 허다하다.

섬 1

1
살다 보면 가끔은 섬이 될 때가 있다.

파도가 사정없이 들이치는 밤이면

별 보고 속으로만 흐느끼는 절박한 때가 있다.

2
의지하던 사람들이 다 떠나가 버리고

외로운 섬이 되어 세파에 떠밀리며

퍼렇게 멍이 드는 세월에 직면할 될 때가 있다.

마음의 기상도

그래, 그래, 그렇다고 말을 하고 나서도

뒤돌아선 표정은 아니라고 투덜댄다.

사람의 마음이란 게, 알 수 없는 날씨 같다.

맑다가도 금방 흐려지는 것이라면

믿음에도 언제나 틈이 나는 금이 있어

앞과 뒤 그 엄청난 공백에 경악할 수밖에 없다.

근황近況 4

어떻게 사느냐고 근황을 물어보면
빙그레 웃음으로 은근슬쩍 대답한다

별 뜻도 없이 그럭저럭 지낸다는 의미다.

사람이 사는 게 별것도 아니기에
웃음 띤 얼굴로도 답이 되는 것이다

한마디 말은 없어도 뜻이 서로 통한다.

증거

부리를 제 몸에 묻고 잠자는 닭들이나
주둥이를 제 몸에 묻고 잠자는 개들이나
제 몸을 제가 믿는다는 확실한 증거이다.

우리는 우리 몸을 믿을 수 있겠는가.
믿기도 어렵지만 믿어봐도 못 믿기는
어설픈 몸을 가지고도 큰소리 땅땅 친다.

죽어서 무엇이 될까

1
죽어서 무엇이 될까를 생각한다.

꽃이 될까 학이 될까 구름 될까 별이 될까.

허황한 욕심은 죽어서도 끝날 것 같지 않다.

2
죽으면 그것으로 모든 것이 끝나는데

한평생 살고도 또 욕심을 부리다니

하늘이 내려다보고 천벌을 내릴 것이다.

어버이

한 어버이가 열 아들을 사랑으로 키우지만
열 아들은 한 부모를 봉양하기 어려워라.
아무리 내리사랑이라지만 눈물 나는 말이다.

자식들이 이내 또 어버이가 될 터인데
그걸 모르고 마음 아프게 한다는 건
도리가 아니라는 것을 통탄하게 될 것이다.

죽음 22

사람이 죽으면 한 줌 흙으로 돌아간다.
슬프지만 어쩔 수 없는 생명의 귀환이다.
죽음이 극락이라는 것을 알면서도 모른다.

죽음이 없다면 평안도 없어진다.
이고 진 온갖 고통 말끔히 씻어주고
영원한 안락을 주는 것이 고마운 죽음이다.

어머니라는 이름

어릴 때는 엄마라고 어리광을 부리다가

자라면서 어머니라 점잖게 불렀는데

나중에 돌아가신 후에는 어머님이라 부른다.

부르고 불러도 못다 한 그리운 이름

삶과 죽음도 끊어 놓을 수 없는 이름

영원한 그리움의 이름으로 함께 사는 이름이다.

모란

없는 듯 있는 것이
이 세상엔 더러 있다.

가슴 속에 꼭꼭 여민
부끄러운 속내처럼

신비한 향을 지닌 꽃
소리 없는 절창이다.

벚꽃 활짝 피었는데

벚꽃 활짝 피었는데 왜 이리 쓸쓸한지

여태껏 이런 일이 전혀 없었는데

그 사람 떠나고 나니 백팔십도로 달라졌다.

함께 바라보며 감탄하곤 했었는데

어느 순간 꿈처럼 흘러가 버리고

혼자선 울컥울컥해져 꽃 핀 것도 못 보겠네.

백 년도 못 살면서

백 년도 못 살면서 천년만년을 내다본다.

건방진 것 같은 삶을 살아가는 인간들은

당치도 않는 저승까지도 내다보고 살아간다.

4부

쓸쓸한 동네

가랑잎 하나

텅 빈듯한 세상을 흔드는 건 가랑잎 하나
하나로도 쓸쓸함을 나타내기에 충분하다

천만 근 가을로 채워지는 저 기술을 보아라.

눈송이 하나로도 겨울이 온다는 걸 알고
아지랑이 한 톨에도 봄이 오는 것을 안다.

작아도 깨닫는 이치는 한없이 넓고 크다

기다림 35

온종일 기다려도
기다림만 썰렁하다
아니 오는 것인지 못 오는 것인지는
아무리 생각해도 모르겠다.
내가 속은 것일까.

전화라도 한 통쯤
해줄 수도 있는데도
일언 소식 없으니 화가 불끈 나다가도
급박한 사고라도 났을까.
되려 걱정하게 된다.

내 마음 당신에게

달빛이 창문으로 스며드는 밤이면
내 마음 먼먼 곳으로 내달려 갑니다
그곳은 오직 단 하나 당신 계신 곳입니다.

만날 수는 없지만 이 세상 어딘가에
그리움이 되어서 별처럼 반짝이는
간절한 마음을 모아 당신에게 갑니다.

시향詩香에 취해

별처럼 많은 시를 내게 부어주었지만

둔한 내가 미처 깨닫지도 못하고

멍하니 시향에 취해 일생을 탕진했다.

정신을 차려보니 해는 서산에 기울고

어디론지 떠나야 할 길 환히 열려 있으니

헛되이 낭비해버린 생이 천형처럼 아프다.

쓸쓸한 동네

낯익은 사람들이 차츰차츰 줄어들고
낯선 사람들이 더 많아진다는 건
세월이 그만큼 흘렀다는 방증임이 분명하다.

저만큼 멀리서 손 흔들며 인사하던
친구들도 세월 따라 멀리멀리 가버리고
텅 빈 듯 쓸쓸한 마음 추스를 길이 없다.

젊었던 골목길도 늙어 축 처져버렸고
낯선 동네에 우연히 들어선 듯
발걸음 무거워지다니 적반하장 아닌가.

울컥울컥 2

아무것도 아닌데도 괜히 울컥할 때 있다
꽃 피어도 울컥 꽃이 져도 울컥울컥
이것도 병일 것이다. 바람이 불어도 또 울컥.

빌어먹을 세상이 가만두질 않는다
천둥 번개 내리치고 함박눈이 쏟아지고
이러니 내 약한 마음은 그냥 절로 울컥울컥.

빈집 21

백 년 묵은 빈집이 반쯤 기울었다
성근 지붕 위에 잡초들이 뒤엉키어

지나던 구름이 잠시 턱을 괴고 앉아 있다.

마당에도 잡초가 버짐처럼 번져 있고
깨어진 장독대엔 울먹이는 맨드라미

주인도 없는 집 마루에 적막이 졸고 있다.

언젠가는 아이들의 글 읽는 소리 피어나고
두레 밥상 둘러앉아 웃음꽃도 피웠으리

아 지금 무정한 세월이 다 휩쓸어 가버렸다.

봄날에

멀리서 아지랑이를 바라보고 있으면
온몸이 간지럽고 마음마저 간지러워
웃다가
봄에게 들킨 나를
물릴 수도 없는 거라.

봄의 손아귀에 꽉 잡힌 나를 보며
코피라도 한 사발 쏟아질 것만 같은데
아 저런
앞산의 진달래가
대신 꽉꽉 피를 쏟네.

빈다는 것

빈집이 텅 비어 무서운 것이라면
사람도 죽어서 마음이 떠나고 나면
비어서
텅텅 비어서
무서워지는 건가.

살아평생 무섭고 적막하지 않으려고
애써 끌어모은 것이 너무나도 슬프다.
비어서 슬프지 않으려고 안간힘을 쓰던 사람.

아 이젠 힘에 부쳐 다 놓고 말았네.
빈손이고 빈 마음에 몸도 다 비운 뒤에
저렇게
죽음 하나로
무섭게 누워 있네.

흐르는 구름 3

무심으로 흐르는 구름을 쳐다본다.
애태우며 살지 말고 나처럼 살아라는
묵언을 다 알고 있지만 또 헛되이 보낸다.

아는 것도 실천에 옮기지도 못하는데
모르는 건 눈 감고 먼 산 바라보기다
그 위로
구름이 천 번을 오가도
전혀 보지 못한다.

그래서 인생을 아옹다옹 살아간다.
어깨에 올려놓은 무거운 짐 다 내려놓고
가볍게 흘러가라고 흰 구름이 계속 뜬다.

가을빛

매년 가을빛이 어디서 오는지는
나는 잘 모르지만, 준령들은 다 안다.
개울물 열 번도 더 건너서
허겁지겁 온다는 걸.

그렇게 다가와서 허리띠 풀어놓고
감이 익을 때까지 한숨 푹 자고 나서
화들짝 신발 챙기고 냅다 달아나는 것을.

달아난 후에도 가을빛이 남아 있어
낙엽이 온천지에 자옥하게 깔리는데
가을의 잔량을 보는 마음도
가랑잎 소릴 낸다.

처녀 귀신

눈물로 퉁퉁 부은 처녀가 죽고 나니
처녀 귀신 되어서 싸돌아다니는데
총각 집 문지방만 반질반질
다 닳았다나 뭐라나.

어쨌든 죽은 처녀 시집을 보내는데
강 건너 총각 귀신 애써 불러와서
혼례를 올리는 정경이 또한 눈물 바가지라.

천년만년 짝을 지어 잘 살아라 기원하며
축수하는 마음도 썰렁하기 그지없고
돌아서 가는 뒷모습도
눈물에 폭 젖었더라.

중복中伏

개가 짖는 것을 포기하고 엎드렸다
이 뜨거운 날 꽃들은 바락바락 불이 붙어
여름이
다 탈 때까지
함께 활활 타고 있다.

타고 또 타고 끝도 없이 타고 타서
근심 걱정까지도 깡그리 태우고는
개 옆에
너부죽이 엎드려
꾸벅꾸벅 졸고 있다.

시원한 천국

남북이 확 뚫린 대청마루가 생각난다.
무더운 여름을 서늘하게 식혀주던
그 옛날 넘긴 책장처럼 다시 한번 눕고 싶다.

서걱이던 댓잎 소리 모시옷 서늘한 감촉
눈치코치 없는 여름 눌러앉지도 못하고
잽싸게 쫓겨나던 뒷모습 삽화 같은 추억이다.

아 그래 냉수 한 사발 벌컥벌컥 들이켜고
목침 베개하고 누워 춘향가를 들을 제면
여름도 시원한 천국 부러울 게 무엇인가.

5부

병상 일기

샐비어꽃 21

늦가을 샐비어꽃이
아직도 불덩이다

한번 붙은 불씨가 좀처럼 꺼지지 않고

다가올
겨울을 완강하게
온몸으로 막고 있다.

용궁龍宮 설화

공기를 물이라고 생각해 본 적 있니?
사람들은 허파 대신 아가미로 숨을 쉬고
팔다리 다 떼어버리고 지느러미로 헤엄치는.

말도 안 되는 세상이 도래할지 누가 알아?
하룻밤 자고 나면 확 달라지는 세상인데.
인간이 물고기로 변하는 것도 시간문제뿐일 거야.

나도 조금 오래 살아 물고기가 되고 싶어.
못 보던 용궁이나 슬슬 구경하면서
눈 고운 공주를 만나 옆구리 한번 찔러 보게.

잊었다 하는 말

잊었다고 말해도 잊은 것이 아니다.
잊었는지 아닌지도 모르는 경지라야
잊었다 할 수 있는 것인데
아직도 미진하다.

잊었다는 말에는 잊지 못한 것이 있다.
진실로 잊었다면 잊은 것도 모르는데
잊었다 하는 그 말속에는
못 잊은 게 남아 있다.

그러니까, 잊었다고 아무리 강조해도
살아서는 완벽하게 잊을 수는 없는 것
구태여 잊었다는 말은
못 잊었다는 말이다.

달빛 옷

달 밝은 밤이면 평상에 나와 앉아
옥양목을 개키듯 달빛을 자로 재어
두어 필 섬뜩 오리어
마음속에 감추었네.

딸아이 시집갈 때 고운 옷을 지어서
함께 보낸다면 얼마나 좋아할까.
그렇게 꿈꾸던 어머니
달이 되어 가버렸네.

환한 달밤이면 나도 몰래 눈물 난다.
예나 지금이나 변함없는 달빛인데
어머니 마음속의 달빛으로
옷 한 벌 지어 입네.

좌망坐忘

아무 일도 하지 않고 아무 생각도 하지 않은
그런 날이 있었던 게 분명한 사실이다.
모르고 살아온 그날들이
참된 나의 삶이었다.

무엇을 생각하고 의도해서 무얼 하고
하나 마나 한 그런 일로 생을 볼모 잡히듯
그렇게 살아온 나날은 나의 삶이 아니었다.

면벽하고 평생을 살았다 하더라도
쓸데없는 일이나 망상에 잠겼다면
그것은 나의 삶이 아니었음을
솔직히 고백한다.

괴로운 세상

시끄러운 세상이라 귀 하나 떼버린다.
하나로는 안 되면 두 개 다 떼버리고
조용히 살고 싶은데 보는 눈이 시끄럽다.

그러니까 눈마저 다 떼어버려야만
겨우 고요하게 살 수가 있다는 건
그만큼 괴로운 세상임을 방증하는 것이다.

마음의 거리

아무리 멀리 있어도 가까운 사람이 있고

아무리 가까이 있어도 먼 사람이 있다.

마음이 정한 거리는 자尺로도 잴 수 없다.

사람의 마음 3

'좋다'라고 생각한 게 세월이 감에 따라
좋은지 싫은지도 모호해져 버렸다
이것이 사람의 마음이라 경악하는 것이다.

하긴 세월 따라 무엇이든 다 변하는데
지조라는 그 허울이 얼마나 약한 건지
바람이 살짝 불어도 그냥 휘어지고 만다.

그러니까 좋다고 마냥 좋은 게 아니라
어느 순간 싫어지는 마음을 알게 되면
그때의 절망감이란 이루 말할 수가 없다.

병상 일기

4인실에 있던 아내 1인실로 옮겨갔다
주렁주렁 링거병을 무겁게 이어 달고
참으로 끈질긴 힘으로 생명줄을 잡고 있다.

1인실 다음에는 어디로 갈 것인지
특실인 하늘이 대기하고 있지만
언제쯤 그리로 옮겨갈지 알 수 없는 일이다.

계속되는 통증을 멈출 수만 있다면
신음하는 사람보다 보는 내가 더 아프다.
끝까지 놓지 않는 명줄이 아슬아슬 경각이다.

아직도 당신은

한쪽 눈을 잃었다고 괴로워하지 마라
헬렌 켈러 여사의 일생을 생각하면
당신은 아직도 행복하다
용기를 잃지 마라

이 세상은 나보다도 더 어려운 사람들이
수도 없이 많음을 잠시도 잊지 마라
아직도 당신은 살아 있어
천운이라 할 수 있다.

위와 아래

위에 있는 것도 그 위에서 보면 아래다

아래 있는 것도 그 아래에서 보면 위이니

위이고 아래라는 것도 늘 변하는 것이다.

봄날의 욕심

화사한 봄날에는 눈을 백 개쯤 달고 싶다
두 눈으로는 도저히 다 못 볼 것 같아서
백 개쯤 눈을 가진다면 다 볼 수 있겠다.

귀도 마찬가지 백 개쯤 달아야만
봄날의 기쁜 환희를 죄다 들을 수 있겠는데
이것도 욕심이기에 이루어질 수가 없다.

봄비 25

비가 온다. 온종일
그냥 온다. 무심으로

와야 할 사람은
올 생각도 없는데

비 와도
모르는 척하는지
올 수 있어도
안 온다.

비가 올 때마다
속 썩인 사람이여

세상 살면서
비 오는 것도 보지 않고

도대체
무얼 보고 사는지
답답하기
그지없다.

초미금焦尾琴

이웃집 아궁이에 불타는 오동나무의
청아한 소리 듣고 그 나무를 끄집어내
채옹*이 잘 다듬어서
거문고를 만들었다.

땔감으로 사라질 뻔한 나무가 명기가 되어
대대로 많은 사람의 심금을 울렸으니
거문고 중에서는 으뜸인
초미금이 된 것이다.

*중국 후한시대의 사람으로 꼬리 부분이 불에 탄 흔적이 있는 거문고
초미금을 만들었다.

시조에 대한 몇 가지 단상斷想

1. 처음 글쓰기

내가 시조를 쓰기 시작한 것은 1960년대 후반이었다.
그 당시 대구에서 활동하던
김종윤, 유상덕 시조 시인과 어울리면서
시조에 눈을 뜨기 시작했다. 그래서 그 당시
동시조를 여러 편 써서 동시집에 싣기도 했다.
그러다가 1972년도《중앙일보》신춘문예에
〈가을에〉라는 시조가 당선되어
정식으로 시조단에 입문하게 되었다.
그 후《현대문학》,《현대시학》,《월간문학》등에
작품을 발표하면서 내 역량을 키워왔다.
중간에 30여 년이란 공백기가 있었지만,
발표를 하지 않았을 뿐이지 시조 작업은 계속했다.
그리하여 지금까지 쓴 시조 작품이 12,000여 편이나 된다.
실제로 발간된 시조집은 『고이 살다가』,『모닥불』,
『무위능력』,『슬로시티』,『날刃』등인데
사실은 90여 권의 시조집을 엮었다.
앞으로도 어쩔 수 없이 시조를 계속 쓰게 될 것이다.
현대시도 쓰고 있지만 역시
리듬이 있는 시조에 더 매력을 느낀다.
앞으로 몇 권을 더 낼 수 있을는지,
그건 나도 모를 일이다.

2. 괴벽怪癖

나는 글을 쓸 때, 라디오를 틀어놓는다.
이것은 아주 오래전부터 익혀온 나만의 버릇이다.
라디오를 낮게 틀어놓으면 시끄럽다고 하겠지만
오히려 라디오 소리가 쓸데없는
외부의 소음을 차단해주기 때문이다.
그리하여 정신을 통일하는 데는 안성맞춤이 되어서
나의 집필에 도움이 되는 것이다.
누가 보면 이상한 놈이라고 낄낄거릴지도 모른다.
그러나 나에게는 오랜 수련 끝에 체득한
나만의 노하우가 된 것이니
라디오를 켜지 않고 글을 쓰면 도리어 잘되지 않는다.
이처럼 습관이란 참으로 무서운 것이다.
라디오에서 흘러나오는 음악이 배경으로 깔리면서
나의 시상을 일깨워주거나 집중하게 되는 것이다.
물론 이것은 나만의 비법이기 때문에
누구에게 권할 일은 아니다. 대부분의 시인은
조용한 분위기에서 쓰려고 할 것이다.
나는 이런 분위기에서 벗어난 괴벽이라 할만하다.

3. 시조를 보는 관점

시조를 분석하여 어디가 어찌해서
좋고 나쁘다는 평을 하게 되는데
이런 것은 별로 좋은 현상이 아니다.
시조를 한번 읽어서 '아, 좋다!' 하는 생각이 나면
그 시조는 좋은 것이다. 여기에 무슨 평이 필요한가.
첫 느낌, 그 첫 느낌이 좋으면 작품이 잘 된 것이다.
잘 된 작품을 해부하고 따진다는 것은
그 작품을 왜곡할 수도 있으니 조심해야 한다.
어떤 평론가들은 현란한 언어로
알쏭달쏭하게 끌어올리거나 깎아내린다.
쉬운 말을 두고 어려운 말로 휘황찬란 도배해 놓는다.
이게 과연 옳은 것이냐를 따지면 그런 것도 아니다.
그냥 어쩔 수 없이 길게 늘어놓은 사설은 무모할 뿐이다.
시조를 쓰는 사람들은 여기에 현혹되어
우왕좌왕하지 말아야 한다.
오로지 자기만의 시 세계를 구축하면서
개성을 충분히 발휘하면 되는 것이다.

4. 시를 쓰는 시간

나는 새벽 두 시경에 눈을 떠 글을 쓴다.
보통 시나 시조는 평균 5편 내외다.
광고지나 허드레 종이에 누워서 갈겨 쓰는데
아침에 일어나 컴퓨터 앞에 앉으면
내가 쓴 글을 내가 알아보지 못해 쩔쩔맨다.
워낙 악필로 갈겨 쓴 글자를 내가 모를 때는 속이 상한다.
그래서 때로는 처음 의도했던 시가
다른 방향의 시가 되기도 한다.
일단 컴퓨터에 입력한 후 다시 점검하여 수정한 후
영구 저장하면 끝난다.
특별한 경우 말고는 A4용지에 프린트하지 않는다.
시간이 나면 며칠 후에 다시 읽어보고 수정하기도 한다.
나는 시를 어렵게 쓰지 않는다.
쉽게 써도 되는 것을 난해하게 쓰는 까닭을 모르겠다.
시는 읽고 누구나 다 이해할 수 있는 시,
이게 나의 집필 신조다.

5. 난해한 시조

시나 시조는 읽어서 누구나 이해할 수 있어야 한다.
그런데도 최근 들어 상당히 난해한 시조들이 보인다.
시인이 읽어도 무슨 말인지 모호한데,
독자들이 이해할 수 있을까.
이런 난해한 시조를 써넣고
어깨를 으쓱한다면 크나큰 착각이다.
이런 시조는 경계해야 마땅하고 지양해야 한다.
누가 읽어도 이해되는 시조,
그러면서도 가슴을 울리는 감동적인 시조,
이런 시조를 얼마든지 쓸 수 있는데도
형식만 어렵게 쓰고 내용이 없는 시조,
무엇을 노래했는지도 모르는 암울한 시조,
구절구절은 아름답지만 내용이 빈약한 시조,
추천하거나 뽑는 사람들이
이상한 시조를 당선시키는 것도 문제이다.
시조를 공부하는 후학들이
그런 난해한 시조로 기울어지는 현상을 부추기는 것이다.
물론 시조의 다양성이라는 의미에서는 가능하지만
바람직한 시조의 길은 아니다.

6. 내가 아끼는 시조 한 편

시조를 많이 썼지만, 마음에 남는 작품은 드물다.
그러나 그중에서도 내가 아끼는 시조가 한 편 있다.
『겨울밤 3』이라는 작품인데 가만히 읽어보면
심리묘사가 잘 된 것 같아 빙그레 웃음이 난다.

겨울밤 3

아비 생일이라고
딸아이가 내려왔다.
방안이 서늘하여 보일러를 틀었는데
아내가 나도 모르게
스위치를 꺼버린다.

딸아이가 추울까 봐 다시 스위치를 올리면
아내는 또 몰래 스위치를 내린다.
아들딸 손주들이 오면 늘 이런 식이다.

몇 푼을 아끼려는
그 마음 왜 모를까.
알기에 켜고 꺼도 빙그레 웃으면서
모른 척하고 넘어간다,
겨울밤이 훈훈하다.

이 시조는 누가 읽어도 다 알 수 있는 쉬운 내용이다.
그러니 슬쩍 웃음이 도는 것이 있다.
무슨 거창한 내용이 아니더라도
우리 일상생활에서 일어나는
사소함을 그린 작품이라 하겠다.
특별한 기교도 없는 무기교의 기교,
이런 시조가 시조 본연의 길이 아닌가 싶다.

7. 시조의 바람직한 길

시조를 어떻게 쓰든 개인의 자유다.
이 세상에 자유치고 이런 큰 자유도 없을 것이다.
작품의 우열이 있을지언정 쓰는 데는 아무런 장애가 없다.
그러나 쓰기만 한다고 해서 작품이 되는 것은 아니다.
얼마만큼 완성도를 갖추었느냐에서 우열이 가려진다.
그냥 내버려도 좋은 시조라면 아예 쓰지 않는 것이 낫다.
적어도 한 편의 작품을 내놓는다면
그래도 무언가가 있어야 한다.
건질 것이 없는 시는 낙서에 불과하다.
개성이 잘 나타난 감동의 시조,
마음을 끄는 매력적인 시조,
읽어도 또 읽고 싶은 향기 나는 시조,
가슴에 와닿는 뭉클한 시조,
기교는 없지만 기교를 뛰어넘는 시조 등등
이러한 시조들은 쓰기도 어렵지만
독자의 가슴 속에 오래 남는 명작이 되는 것이다.
마음에서 우러나는 작품을 쓰기 위하여
부단히 노력해야 한다.
시조라는 빵틀에서 마구 굽혀 나오는
풀빵 같은 시조는 아무런 매력이 없다.
열 편을 썼다면 아홉 편은 버리고
단 한 편만 골라내는 용기가 필요하다.